LES PETITS LIVRES DE M. LE CURÉ,
Bibliothèque du Presbytère, de la Famille et des Écoles.

LA FAMILLE DU PÊCHEUR,

PAR

M. CASTELLAN.

PAUL MELLIER, ÉDITEUR,
PLACE SAINT-ANDRÉ-DES-ARTS, 11.

centimes broché; 35 centimes cartonné. 56

LES

PETITS LIVRES DE M. LE CURÉ,

BIBLIOTHÈQUE

du Presbytère, de la Famille et des Ecoles.

LA FAMILLE

DU PÊCHEUR,

PAR

T. CASTELLAN.

PARIS,

PAUL MELLIER, LIBRAIRE-ÉDITEUR,

PLACE SAINT-ANDRÉ-DES-ARTS, 11.

Approbation de Mgr l'Archevêque de Paris.

DENIS-AUGUSTE AFFRE, par la miséricorde divine et la grâce du Saint-Siége Apostolique, Archevêque de Paris.

MM. Plon et Paul Mellier, éditeurs, ayant soumis à notre approbation les ouvrages ci-dessous indiqués, faisant partie d'une collection ayant pour titre : LES PETITS LIVRES DE M. LE CURÉ, BIBLIOTHÈQUE DU PRESBYTÈRE, DE LA FAMILLE ET DES ÉCOLES, savoir : *Petite Histoire de Belgique*, tomes 3 et 4; *Vie de saint François de Sales*, 1 vol.; *l'Espiègle d'Anvers*, 1 vol ; *la Famille du Pêcheur*, 1 vol.; *Une jeune Fille du Peuple*, 1 vol.; *le Bon curé Bénédict*, 1 vol.; *les Histoires de mon oncle Samuel*, 1 vol.; *le Marchand de Statuettes*, 1 vol.; *les Papillons et les Enfants*, 1 vol.; *le Bon Génie*, 1 vol.; *Annette et Joseph*, 1 vol.; *Marco Visconti*, 1 vol.; *l'Orphelin*, 1 vol.; *le Vrai Trésor*, 1 vol.; *Histoire des principales Eglises de Paris*, 1 vol.,

Nous les avons fait examiner, et, sur le rapport qui nous en a été fait, nous avons cru qu'ils pouvaient offrir aux personnes auxquelles ils sont destinés une lecture intéressante et sans danger.

Donné à Paris, sous le seing de notre Vicaire-Général, le sceau de nos armes et le contre-seing de notre Secrétaire, le vingt-deux janvier mil huit cent quarante-cinq.

F. DUPANLOUP, *Vicaire-Général.*

Par Mandement de Monseigneur
l'Archevêque de Paris :

E. HIRON, *Chanoine honoraire, pro-secrétaire.*

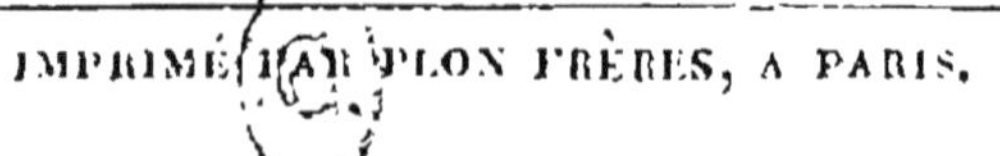
IMPRIMÉ PAR PLON FRÈRES, A PARIS.

LA FAMILLE
DU PÊCHEUR.

Le 27 septembre 1689, le quartier Saint-Jean, à Marseille, était tout en émoi. Aux abords de l'église Saint-Laurent surtout, on voyait une affluence considérable, presque tous gens du peuple, et principalement de la classe des pêcheurs, qui ont tous leur demeure dans cette partie de la ville. Cependant il y avait aussi des bourgeois, des marchands. On s'entretenait à haute voix; on se questionnait. A tout moment, les regards se tournaient du côté de la Consigne. De temps en temps, des personnes se détachaient des groupes; et, quand elles revenaient, chacun les interpellait à la fois :

« Eh bien! viennent-ils?

— Je n'ai rien vu.

— Que font-ils?

— Je n'en sais rien.

— C'était pourtant pour dix heures; en voilà bientôt onze.

— Pas encore, mère Gastelier ; il n'est que dix heures et demie : voyez le soleil.

— C'est égal ; ils sont en retard.

— Ah, mon Dieu ! s'il était arrivé quelque malheur ! disait un autre.

— Que voulez-vous donc qu'il soit arrivé ?

— Qui le sait ?

— Pourvu que notre bon curé n'ait pas été empêché par quelque indisposition subite.

— Par exemple ! madame Baubry.

— Il est bien vieux ce pauvre cher homme!

— Sans doute ; mais le bon Dieu nous le conservera : il est si bienfaisant ce cher M. Desrivers !

— Je le crois bien ; il se prive de tout pour donner aux pauvres. Quand l'un de nous est malade, comme il sait le rassurer par ses douces paroles !

— Et les remèdes et toutes les bonnes choses qu'il lui envoie ; comptez-vous cela pour rien, père Leroux ?

— Oh, ça, c'est bien vrai, dit une jeune femme qui portait dans ses bras un petit enfant de deux ans ; si mon petit Nicaise est encore en vie, c'est à lui que je le dois. C'est un saint homme que le bon Dieu a créé pour la consolation des malheureux.

— Les voici ! les voici ! » s'écria un petit garçon à la mine éveillée, qui accourait de la Consigne. Que se passait-il donc dans le quartier Saint-Jean ?

Pourquoi cette foule sur la place de l'église ? Était-ce quelque fête patronale ? Était-ce pour célébrer le premier anniversaire de la soumission au roi de France des barbares d'Alger qui, depuis des siècles, infestaient la Méditerranée, pillaient nos navires, ravageaient nos côtes, et dont les pauvres pêcheurs de Marseille avaient, dans maintes ciconstances, éprouvé la cruauté ?

Point du tout. Ce jour-là, le 27 septembre 1689, devait avoir lieu le baptême de Nicolas Geslin, fils de Paul-Ignace Geslin.

Quel était donc ce Paul-Ignace Geslin ? Un pêcheur, un simple pêcheur ; mais cet empressement à assister à l'acte solennel qui ouvrait les portes du ciel au fils prouvait combien le père était honoré de ses concitoyens. Plus que bien des noms célèbres dans l'histoire, Geslin avait droit à ces marques d'intérêt dont il était l'objet. On cite de sa part des traits de courage et de dévouement, qui eussent rendu son nom célèbre s'il les eût accomplis au service de l'état sur mer ou sur terre. Un jour, entre autres, qu'il était à trois ou quatre lieues des côtes, il voit un pirate algérien donner la chasse à un pauvre bateau pêcheur, qui faisait vainement force de voiles pour échapper à son ennemi. Par sa position, Geslin se trouvait former un point triangulaire avec les deux navires : l'un était à sa droite, l'autre à sa gauche ; tous deux à peu près à une égale distance de lui.

Le courageux pêcheur n'hésite pas ; il s'adresse à son équipage, composé de six hommes seulement, et leur montrant le pavillon barbare :

« Sus! mes amis, leur dit-il, au pirate! Le vent est pour nous; Dieu nous protége! »

A ces mots, toutes les voiles se déploient; son bateau fend les ondes avec la rapidité de l'oiseau. Lorsqu'il n'est plus qu'à quelques brasses de son ennemi, celui-ci lui lâche toute sa bordée; mais les boulets passent sur sa tête: aucun ne l'atteint.

« A l'abordage! s'écrie aussitôt Geslin.

— A l'abordage! répètent ses braves matelots. »

La voix de leur chef enflamme leur courage. Au même instant ils sautent à bord. Le combat fut opiniâtre; mais, malgré l'infériorité du nombre, la victoire demeura à nos marins. Le pirate vaincu subit la loi du vainqueur; Geslin le ramena en triomphe dans le port de Marseille, aux acclamations d'une populace nombreuse qui le salua par des houras. Ce sont des actions de ce genre, où il exposa vingt fois sa vie, qui lui avaient mérité l'amour et l'admiration de tous.

Le baptême d'un premier-né est un jour de fête pour le cœur d'un père; les camarades de Geslin avaient saisi cette cironstance pour lui témoigner toute la part qu'ils prenaient à son bonheur. Quand il parut, ils se rangèrent sur les côtés de la place, afin de lui livrer passage. Il répondait avec reconnaissance aux félicitations qu'on lui adressait. La joie rayonnait sur son visage ; à chaque instant ses yeux se portaient sur son fils endormi dans les bras de sa marraine ; puis il les élevait au ciel pour le remercier de le lui avoir envoyé. Après lui, la foule pénétra dans le temple ; elle s'agenouilla sur la dalle, silencieuse et recueillie, formant un vaste cercle au-devant du tabernacle. Pas un qui ne mêlât ses prières à celles du prêtre, au moment où le ministre de Dieu versait l'eau sainte sur la tête du nouveau-né. La cérémonie achevée, on sortit de l'église. Alors les transports éclatèrent de nouveau et les bénédictions, les vœux et les souhaits accompagnèrent l'heureux Geslin jusqu'à sa demeure. Le soir, toute la corporation des pêcheurs, musique en tête, se rassembla sous ses fenêtres. Ainsi se termina cette journée mémorable ; elle s'était éveillée au bruit religieux des cloches, elle s'endormit au son bruyant de la fanfare. Geslin n'était pas seulement brave et résolu quand il s'agissait de risquer ses jours pour secourir ses semblables ; il était aussi bon, charitable, pieux, et les démonstrations de cette classe pauvre et ignorante étaient le plus pur hommage rendu à ses vertus.

Avec un pareil père, le petit Nicolas ne pouvait manquer de devenir un sujet accompli ; les bonnes qualités germèrent dans son cœur et portèrent leurs fruits. A quinze ans il était déjà très-habile dans le dur métier de la pêche. Ferme, mais calme devant le danger, il avait montré dans différentes occasions une intrépidité et surtout un sang-froid bien rare chez un jeune homme de son âge. C'était l'orgueil de sa famille ; rempli d'attention et d'amour pour sa mère, dont il était l'idole ; attentif aux sages avis de son père, qu'il écoutait avec respect, et chéri de son oncle Robert comme s'il eût été son fils.

L'oncle Robert passait pour être riche ; il faisait de fréquents voyages en Amérique, où, disait-on, il possédait de grands biens ; il n'avait pas d'enfants et on pensait tout naturellement que, s'il était vrai qu'il eût de la fortune, elle reviendrait toute à son neveu. Mais cette pensée n'était pour rien dans la tendresse que Nicolas lui témoignait lorsqu'il arrivait en France ; il l'aimait parce qu'il était aimant de sa nature, et que, d'ailleurs, son oncle avait pour lui une vive affection.

« Courage ! disait-il à Nicolas, enchanté du bon naturel de son neveu ; courage, mon garçon ! persévère dans la voie que tu as choisie ; c'est la meilleure, celle que tout honnête homme doit prendre : elle mène à l'estime, à la considération et souvent à la fortune. »

On induisait de là que le cher oncle était dans les meilleures dispositions à l'égard de son neveu. Lorsqu'au moment de s'embarquer, il lui fit ses adieux, il lui répéta :

« Persévère, mon garçon, persévère ; Dieu

te récompensera dans l'autre monde, et moi je ne t'oublierai pas dans celui-ci. Tu aimes à faire le bien ; sois tranquille, un jour tu seras à même de secourir tous les malheureux qui viendront à toi. Sois sans crainte ; tu mérites d'être heureux, et tu le seras : c'est moi qui te le dis. Maintenant, mon garçon, embrasse-moi, et pense quelquefois à ton oncle. »

Nicolas venait d'atteindre sa dix-neuvième année : c'était un beau jeune homme, bien pris, vigoureux, rempli d'honneur et de franchise et que tout le monde aimait pour son excellent caractère.

L'horizon politique se couvrit tout à coup d'épais nuages. Le testament de Charles II, par lequel ce prince léguait le trône d'Espagne à Philippe d'Anjou, petit-fils de Louis XIV, avait été un brandon de discorde pour toute l'Europe. L'Autriche, déçue dans ses prétentions à cette couronne, leva une armée. L'Angleterre et la Hollande s'unirent à elle dans cette lutte contre la France et l'Espagne, et la guerre éclata. Elle se poursuivit longtemps avec vigueur, sans qu'aucun avantage réel de part ou d'autre pût en faire présager l'issue.

A vingt ans, Nicolas devait, comme tout bon citoyen y était appelé, payer sa dette à la patrie.

Le moment arriva où il lui fallut rejoindre ses drapeaux. Le jour du départ fut un jour de tristesse et de regrets pour ses amis. Mais pour son vieux père, pour sa mère surtout, faible et infirme, qui ne respirait que par lui, qui semblait ne tenir encore à la vie que par la vie de son enfant, ce fut un jour de mortelles angoisses.

« Mon pauvre fils ! disait-elle en répandant des larmes amères, viens dans mes bras ; viens, mon bon Nicolas, que je te presse encore une fois sur mon cœur. Ce sera la dernière, je le sens ; je suis vieille et souffrante, je ne te verrai plus. »

Nicolas ne lui répondait que par ses caresses. S'il eût parlé, il eût éclaté en sanglots ; et il ne voulut pas augmenter par le spectacle de sa douleur le désespoir de sa mère. Son père d'ailleurs lui donnait l'exemple du courage ; il était calme, résigné ; rien sur son visage ne décelait ce qui se passait dans son cœur.

« Femme, dit-il, le ciel nous le ramènera. Nicolas est un bon fils, il a toujours rempli ses devoirs religieux comme un bon chrétien doit le faire, et, tu le sais, Dieu n'abandonne jamais celui qui l'honore ; ainsi, rassure-toi, femme, tu le verras encore.

— Oui, soupira la pauvre mère, là-haut! mais ici, jamais plus ! »

En prononçant ces paroles elle s'évanouit. Nicolas voulut courir à elle pour la secourir.

« Non, lui dit son père, pars avant qu'elle ne revienne à la vie ; ce moment la tuerait : il faut le lui épargner. Donne-lui un baiser sur le front ; embrasse-moi, et pars, mon enfant, pars; ne crains rien pour ta mère : je suis là. »

Nicolas jette un dernier regard sur cette demeure où les jours s'étaient écoulés pour lui si heureux, si paisibles ; et, pressant le pas pour cacher le trouble qui l'agite, il disparaît dans les rues étroites et tortueuses du quartier Saint-Jean. Ses amis l'accompagnèrent jusqu'au village de Saint-Louis. Là, ils lui dirent adieu et le jeune soldat poursuivit sa route, seul, à pied, l'âme en proie aux plus tristes pensées.

Nicolas fit ses premières armes à la bataille de Malplaquet, bataille sanglante, où les ennemis de la France payèrent par la perte de vingt-deux mille hommes une victoire si vivement disputée, où le maréchal de Villars effectua cette glorieuse retraite qui plaça son nom au rang des plus illustres capitaines.

C'est là que l'archevêque de Cambrai, l'immortel Fénelon, ce modèle le plus parfait de toutes les vertus chrétiennes et humaines, apparut comme un envoyé du ciel. Les malheurs de cette guerre, dont son diocèse fut le théâtre, lui fournirent l'occasion de déployer ce sentiment profond de charité et de dévouement qui l'élevait jusqu'à la sainteté. Le digne prélat fut la providence de nos armées. Français ou ennemis, son palais devint un hôpital ouvert à tous ceux que le plomb ou le fer avait atteints; de ses mains il pansait leurs blessures, et en même temps qu'il calmait les souffrances de leurs corps, il soulageait leurs âmes par de chrétiennes consolations. Cette charité infatigable excitait l'admiration générale.

Dans cette guerre Nicolas se couvrit de gloire. Seul, il s'élança au milieu d'un détachement hollandais, pour ressaisir un de nos drapeaux que l'ennemi nous avait enlevé. Il reçut plusieurs blessures, mais il se rendit maître du drapeau et le rapporta dans nos rangs, sous le feu des balles qui pleuvaient à ses côtés. Le général, témoin de ce trait de bravoure, le nomma sergent sur le champ de bataille.

Six mois après cette affaire, il reçut une lettre qui lui annonçait la mort de sa mère : c'était Geslin lui-même qui écrivait à son fils. Cette lettre contenait l'expression d'une douleur si vive, si profonde, qu'il trembla que cette perte ne fût un coup mortel pour son malheureux père. Tourmenté de cette affreuse pensée, la tristesse s'empara de lui ; mais avec le temps ses craintes sur ce point se dissipèrent ; il recouvra, sinon sa gaieté, du moins le calme et l'espérance de revoir encore l'auteur de ses jours, si toutefois Dieu permettait qu'il échappât aux chances de la guerre. Sa conduite à

l'armée fut celle d'un bon et digne soldat ; brave, courageux, mais toujours humain et généreux envers un ennemi vaincu. Il obtint bientôt un grade plus avancé.

L'acceptation de la couronne d'Espagne par le petit-fils de Louis XIV avait attiré au grand roi une guerre difficile. L'Europe, poussée par la haine de Marlborough et d'Eugène, s'était liguée contre la France et la menaçait de toutes parts. L'ennemi marchait sur la capitale ; Louis XIV repoussa les lâches conseils de ses courtisans, qui l'engageaient à se retirer derrière la Loire ; et, voulant tenter un dernier effort, il remit à Villars la défense du royaume, avec l'ordre de ramasser tout ce qui restait de troupes et de partir pour l'armée. Profitant de l'imprudente sécurité que ses succès et la supériorité de ses forces inspiraient au prince Eugène, le maréchal, par une manœuvre habile, passe l'Escaut à Landrecy, fond avec la rapidité de la foudre sur les retranchements ennemis, s'en empare, et arrive devant Denain, où les alliés avaient établi leur camp. Là, nos troupes éprouvèrent une vigoureuse résistance ; le combat fut long et opiniâtre. Combien d'actions d'éclat qui se perdirent dans le tumulte et la mêlée !

Un officier espagnol qui servait dans nos rangs, emporté par son ardeur, s'était élancé à la poursuite de quelques fuyards, sans s'inquiéter s'il était suivi des siens. Nicolas l'aperçoit; effrayé du danger auquel s'exposait ce brave, il se précipite sur ses traces. Arrivé dans un bas-fond, l'ennemi se retourne; et, honteux de sa pusillanimité, il attaque à son tour celui devant lequel il fuyait. Alors seulement l'officier reconnaît son imprudence : il était seul. Mais son courage n'en est point ébranlé; il s'adosse contre un arbre, bien résolu à vendre chèrement sa vie, et pare avec une merveilleuse adresse les coups que six hommes lui portent à la fois. Déjà il en a mis deux hors de combat; mais il est blessé; son sang coule; ses forces s'affaiblissent : c'en était fait de lui, lorsqu'une voix s'écrie tout à coup :

« Du courage! du courage! »

C'était Nicolas qui, prompt comme l'éclair, volait à son secours. De deux coups de feu, il fait mordre la poussière à deux des assaillants; les autres, saisis de frayeur, prennent la fuite.

« Votre nom, mon brave? lui demanda l'Espagnol.

— Nicolas Geslin, fils de Paul Geslin, le pêcheur.

— Votre pays?

— Marseille.

— Vous demeurez ?

— A la Consigne, sur le port, n° 24.

— Et moi je suis don Fernand de Baraega, neveu du grand aumônier de Sa Majesté Philippe V, roi d'Espagne. Nicolas Geslin, ajouta-t-il en lui tendant la main, je vous dois la vie ; qu'exigez-vous de moi ?

— Votre amitié, si vous m'en jugez digne, » répondit Nicolas.

L'officier lui ouvrit ses bras ; et, le pressant sur son cœur, il lui dit :

« Par le soleil qui nous éclaire, tu seras mon ami ! Si Dieu permet que je revoie ma patrie, je jure... »

Un bruit confus l'interrompit soudain : c'était des pas de chevaux.

Fernand et Nicolas se mettent en défense ; mais, au même instant, une troupe nombreuse apparut au détour du chemin : ce sont des cavaliers espagnols. Ces braves soldats, inquiets sur le sort de leur chef, qu'ils n'apercevaient plus à leur tête, s'étaient mis à sa recherche. En le voyant, leur joie ne connaît plus de bornes ; ils poussent des cris de victoire ; et, pressant le flanc de leurs montures, ils viennent fièrement se ranger autour de lui.

Les deux amis, suivis de leur nouvelle escorte, retournent sur le champ de bataille.

La victoire était gagnée; nos troupes avaient fait des prodiges de valeur; tout ce qui ne tomba pas sous leurs coups fut forcé de se rendre. Le succès de cette journée releva la gloire de nos armes. La victoire de Denain, en sauvant la France et la monarchie, affermit la couronne d'Espagne sur la tête du duc d'Anjou; elle ouvrit une voie honorable au congrès d'Utrecht qui assura la paix de l'Europe.

La guerre terminée, une partie de l'armée fut licenciée. Nicolas fut du nombre de ceux qui retournèrent dans leurs foyers. Quelle fut sa joie! Son père vivait encore. Avec quel transport il le pressa sur son cœur! Le jour même de son arrivée, son premier devoir fut d'aller à l'église remercier Dieu de l'avoir ramené dans sa patrie; de là, il se rendit à l'endroit où reposait sa mère, et pria sur sa tombe. Son retour fut une fête pour le quartier Saint-Jean. Ses amis ne l'avaient point oublié; tous étaient enchantés de le revoir après une si longue absence. Son père, malgré son grand âge, exerçait toujours son état de pêcheur; mais il n'avait plus sa vigueur d'autrefois.

« Reposez-vous, mon père, lui dit Nicolas;

me voici maintenant : c'est à moi de travailler.

Vous ne manquerez de rien, je vous le jure. »

Le lendemain, au point du jour, il était à bord de son bateau. A sa voix les voiles se hissèrent ; et, avant tous ses confrères, il atteignit la pleine mer. Le soir, il rentra avec une pêche abondante.

Trois mois après, il épousa Marie Déron, une de ses cousines, qui n'avait que quatorze ans, lorsqu'il partit pour l'armée. L'année suivante, le ciel mit le comble à son bonheur en lui envoyant une fille. De ce moment, il n'eut plus qu'une pensée, plus qu'un désir : c'était d'assurer à sa petite Louise une existence exempte de soucis et de peines. Pour parvenir à ce but, les produits de la pêche ne lui paraissant pas suffisants, il songea à y suppléer par une autre industrie. Un de ses amis faisait le commerce avec l'Espagne ; il expédiait dans ce pays des étoffes de soie qu'il tirait de Lyon. Chaque année il réalisait d'assez jolis bénéfices, qui, disait-il, seraient bien plus beaux encore s'il avait plus de fonds à mettre dans ses achats.

Nicolas possédait quelque argent ; il proposa une association avec cet ami, qui l'accepta.

Au bout de quatre ans, leurs affaires avaient pris une extension considérable ; le résultat de leurs opérations dépassait leur attente. Nicolas voyait déjà se réaliser l'avenir brillant qu'il avait rêvé pour sa fille ; chaque jour elle lui devenait plus chère. Sa femme et son père étaient aussi les objets de sa sollicitude ; de quels soins touchants il les entourait ! que d'attentions pour eux ! avec quel empressement il saisissait toutes les occasions de satisfaire leurs moindres désirs ! Il éprouvait une joie sans égale quand il pouvait leur ménager une surprise agréable, ou leur procurer quelque bien-être nouveau. Voilà le seul prix qu'il attachait à la fortune ; voilà le seul but de son ambition : devenir riche pour faire le bonheur des trois êtres sur lesquels il avait concentré toute sa tendresse. Mais c'est souvent au sein de la plus parfaite sécurité que les coups de l'adversité vous frappent. Vous croyez toucher au faîte de la félicité ; tout à coup l'édifice est renversé, vos espérances anéanties ; ces rêves si riants et que vous caressiez avec tant d'amour, un souffle les disperse, comme l'ouragan de la plaine chasse au loin, dans la mer, le sable du rivage. C'est alors que l'homme fermement pieux se redresse, noble, imposant, en présence de telles infortunes : bienfait du ciel ! sublimes effets de la religion ! cette puissance magique, qui relève notre courage quand les plus affreux revers fondent sur nous, qui retrempe notre âme et nous rend l'espérance, ne vient-elle pas de Dieu ?

Un jour que Nicolas était à dîner avec sa famille, son associé entre pâle et défait.

« Qu'est-ce donc , Pradel ? lui demanda-t-il, frappé de l'altération de ses traits.

— Une triste nouvelle, répond celui-ci ; une fâcheuse nouvelle pour nous : tenez, lisez. »

En même temps il lui présenta une lettre de

Madrid, qu'il venait de recevoir à l'instant même. Cette lettre leur annonçait la disparition du sieur Caballero, riche banquier de cette ville et leur correspondant. Cet homme, digne du reste de la confiance qu'ils lui avaient accordée, faisait rentrer, pour leur compte, les sommes qui leur étaient dues dans toutes les villes d'Espagne où ils avaient des relations d'affaires. Dans le premier trimestre de chaque année, il leur envoyait un réglement et des valeurs en papier ou en espèces. Ces envois s'étaient effectués jusqu'alors avec la plus grande exactitude de la part du sieur Caballero; mais, ruiné lui-même par la faillite d'une forte maison de la Havane pour laquelle il avait fait des avances considérables, il se trouva tout à coup dans l'impossibilité de faire honneur à ses engagements. C'est le 22 février 1720, après avoir acquis la certitude de cet épouvantable malheur, qu'il écrivait à Pradel et à Nicolas pour leur annoncer ce désastre, son impuissance à leur envoyer des fonds cette année, et son départ pour la Havane, où il se rendait dans l'espoir de rentrer dans une partie de ce qui lui était dû. Cette nouvelle fut un coup de foudre pour les deux associés. Ils avaient fait de nombreuses commandes à Lyon, et comptaient, pour en acquitter le montant, sur les

rentrées qu'ils attendaient de Madrid ; mais la fuite de Caballero vint renverser tous leurs plans d'opération. Il ne leur resta d'autre moyen de sortir honorablement de cette crise que de contremander leurs commissions et de prévenir leurs correspondants d'Espagne qu'ils ne pouvaient remplir leurs demandes. Avec l'argent qui leur restait en caisse, ils payèrent intégralement, en gens de cœur, tout ce qu'ils devaient; après quoi ils ne possédaient plus rien, et leur commerce fut perdu.

Nicolas supporta ce coup avec un courage admirable. Un moment, son cœur se brisa dans sa poitrine; mais ce moment passa rapide comme un éclair, c'est qu'il venait de penser à son vieux père, à sa femme et à sa petite Louise, qui avait alors cinq ans, et pour laquelle il avait formé de si jolis projets. Qu'allaient-ils devenir tous les trois? Quelle douleur pour lui de les voir renoncer à cette aisance qu'il avait eu tant de bonheur à leur procurer! Voilà les regrets qui traversèrent sa pensée.

« Non, non, se dit-il aussitôt, pas de faiblesse; l'avenir est devant moi. Je suis jeune; ce que j'ai fait, je puis le faire encore. En attendant redevenons pêcheur. Avec l'aide de Dieu, en qui j'ai confiance, ces deux bras suffiront à leurs besoins. La fortune viendra quand elle pourra; jusque-là, ils ne manqueront de rien. »

Nicolas confia à son père et à sa femme le malheur qui venait de le frapper; mais il montra tant de calme, tant de résignation, que l'effroi dont ils furent d'abord saisis se dissipa, comme la brume du matin disparaît aux premiers rayons du soleil. Trois jours après, il était sur sa barque, fendant les flots et chantant son refrain d'autrefois.

Un mois s'écoula. Nicolas ne songeait plus au temps passé; du moins, s'il y songeait, c'était pour remercier la Providence de l'avoir fait sortir de cette épreuve sans que son honneur eût été compromis.

« La vie est semée de déceptions, disait-il; mais celui-là seul a bien rempli sa tâche qui en atteint le but d'un pas ferme et la conscience en repos. A défaut de richesse le bonheur est à la maison; que m'importe, après tout, si ceux qui m'entourent sont heureux! »

Un soir, en rentrant de la pêche, il trouve une lettre à son adresse. Il reconnaît l'écriture de son oncle, qu'il n'avait pas revu depuis son départ pour l'armée, et dont on n'avait pas reçu de nouvelles depuis plus d'un an. Elle était datée de la Havane; il l'ouvre, et lit ces mots:

« Mon cher neveu,

» Quand tu recevras cette lettre, je ne serai plus, du moins je le présume; car je suis atteint d'un mal, qui, dit-on, est sans espoir; et chaque jour est autant de pas que je fais vers la tombe. Mais, avant de mourir, j'ai songé à toi. Je possède ici, en propriétés bien acquises, une fortune de quatre cent mille piastres. Cette fortune t'appartient, en vertu de mon testament fait en bonne forme ; mais, pour bien établir tes droits à cette succession, ta présence est indispensable. Viens donc, mon cher Nicolas. Ce n'est pas là une des conditions du testament ; c'est le dernier vœu de ton oncle. Je mourrai heureux, si je puis te presser encore une fois sur mon cœur. Adieu ; embrasse ton père et ta femme pour moi ; donne mille caresses à ta petite Louise, que je ne devais jamais voir ; et puisse Dieu, devant qui je paraîtrai bientôt, prolonger ma vie jusqu'à ton arrivée.

» Ton oncle ROBERT. »

Nicolas demeura atterré à la lecture de cette lettre. Son oncle, son bon oncle allait lui être ravi pour toujours. Cependant que devait-il faire ? Partir pour un si long voyage, quand sa famille avait tant besoin de lui ! S'il ne se fût agi que d'aller chercher une fortune, certes, il n'eût point hésité, il n'eût point songé un seul instant à les quitter. Mais son oncle l'appelait ; son vœu le plus cher, dit-il, est de le presser encore une fois sur son cœur ; il ne demande à Dieu d'autre grâce que de prolonger sa vie jusque-là : et il pourrait balancer ? Oh, non ! ce serait mal ; ce serait payer de la plus noire ingratitude les bienfaits de son oncle, qui, du reste, l'avait toujours tant aimé, et que lui-même chérissait bien tendrement. Il ne savait que résoudre : d'un côté, la crainte de s'éloigner de Marseille dans un pareil moment ; de l'autre, l'image de son vieil oncle mourant qui lui ouvrait ses bras.

Ce fut son père qui le détermina.

« Eh bien ! Nicolas, lui dit-il, que prétends-tu faire ?

— Je ne sais, mon père, lui répondit-il ; l'idée de vous abandonner m'épouvante.

— Et pourquoi, mon garçon? que peux-tu craindre? Nous avons quelques économies qui nous mèneront bien jusqu'à ton retour. Dans tous les cas, ne suis-je pas là. Dieu merci, je ne suis pas au bout de mes forces ; je puis encore jeter un filet, et, s'il le faut, je ferai mon affaire tout aussi bien qu'un autre. Sois tranquille, mon fils, sois tranquille sur notre sort à tous : n'as-tu pas confiance en moi ?

— Oh ! si, mon père ; mais, si pendant mon absence...

— Dieu me rappelait à lui, veux-tu dire ?

— Oh ! mon père, loin de moi cette affreuse pensée !

— Et, quand cela serait, crois-tu donc que ta femme et ta fille manqueraient de quelque chose? Tous nos confrères ne viendraient-ils pas à leur aide? Je les connais; ce sont de braves gens : les bras vigoureux et le cœur excellent. Il n'y en a pas un, si ma dernière heure arrivait, qui ne se mît en quatre pour les enfants de leur ancien camarade, de leur doyen; car je suis le plus vieux pêcheur de Marseille, tu sais cela, mon fils?

— Et je sais aussi combien vous êtes chéri et vénéré, mon père : ce que vous avez fait....

— Je n'ai jamais fait que mon devoir; tant pis pour celui qui l'oublie : il offense Dieu et perd l'estime de ses concitoyens. Ainsi, je te le répète, pars, va trouver ton oncle. Il est si doux d'avoir une main amie qui vous ferme les yeux. Toi surtout, mon bon Nicolas, que cet honnête Robert, ce digne frère de ta pauvre mère, aimait comme son propre enfant... Et qui sait si le plaisir de te voir ne lui rendra pas la santé et la vie?

— Que dites-vous, mon père?

— La joie a souvent produit de bien surprenants effets.

— Si je le croyais!...

— Voilà pourquoi il ne faut pas que tu puisses te dire plus tard : Si j'étais parti pour la Havane, peut-être mon oncle vivrait encore !

— Oh ! cette idée me poursuivrait comme un remords rongeur ! Vous avez raison, mon père, je partirai.

— Quant à sa fortune...

— Je jure, quand elle m'appartiendra, d'en consacrer la moitié au soulagement des pauvres familles de pêcheurs, si je puis, par ma présence, prolonger les jours de mon oncle.

— Bien, mon fils ! Dieu te bénira pour cette bonne pensée. Embrasse-moi ; tu es un noble cœur ! Je suis plus fier de toi que le duc d'Orléans n'est fier de la régence du royaume. »

Le voyage de Nicolas fut donc décidé. Un navire devait mettre à la voile sous huit jours pour la Havane ; il arrêta son passage.

La veille du départ, qui était le dimanche des Rameaux, le pêcheur et sa famille gravissaient lentement les blocs de pierre informe par lesquels on arrive de la Consigne à la place Saint-Laurent. Nicolas donnait le bras à son père, revêtu de ses plus beaux habits ; la petite Louise, en déshabillé de cotonnade à mille raies blanches et roses, marchait devant, tenant la main de sa mère et tournant de temps en temps la tête pour sourire à son bon-papa. Ils se rendaient à l'église où allait se célébrer la grand' messe, en mémoire de l'entrée triomphante de Notre-Seigneur dans la ville de Jérusalem. Outre la solennité du jour, à laquelle leur piété leur faisait un devoir d'assister, chacun avait à adresser à Dieu une prière intime.

« Vous, qui soutenez le pauvre et commandez aux éléments, dit le vieux père, protégez mon fils, ô mon Dieu ! et faites que je le revoie encore. »

« Mon Dieu! dit en soupirant la jeune femme, il va partir ! je m'abandonne à votre divine miséricorde. »

La petite Louise, elle, agenouillée sur la première marche de l'autel, priait à haute voix. Des larmes coulaient le long de ses joues. Tous les assistants étaient émus.

« Mon Dieu ! disait-elle, veillez sur mon papa, ramènez-le vers sa fille ; je serai bien sage, bien sage ; je ne désobéirai jamais plus ; et, dès que je serai assez grande, je travaillerai bien pour soulager ma mère. »

Nicolas se tenait derrière eux, debout, les bras croisés sur sa poitrine et les yeux élevés vers le ciel ; il disait tout bas :

« Que deviendront-ils sans moi, ô mon Dieu ?

Mais, puisqu'il faut que je m'en sépare, que votre sainte volonté soit faite ! »

Le lendemain, aux premiers rayons du jour, la famille du pêcheur accompagna le voyageur à bord du navire. Quand il eut quitté le port, ils montèrent sur la place Saint-Laurent ; et, de la plate-forme qui domine la rade, ils le suivi-

rent des yeux jusqu'à ce qu'il eût disparu derrière les sinuosités du rivage. Le retour à la maison fut bien triste ; le lendemain plus triste encore; et, pendant bien long-temps, les jours se succédèrent pour eux sombres et silencieux. Pourtant, lorsque trois mois se furent écoulés, la sérénité reparut un peu; Nicolás approchait de la Havane; peut-être était-il arrivé; et, comme il ne devait pas y faire un long séjour, leur cœur se ranimait à la pensée de le revoir bientôt. Ils sentaient déjà le bonheur revenir, rien qu'à l'espoir de ce prochain retour, lorsqu'un cri de détresse, un cri d'épouvante et de mort retentit dans la ville.

La peste était dans Marseille! La peste, avec son horrible cortége, ses plaies hideuses et ses cadavres livides!

C'est dans le courant du mois de juin 1720 que les premiers symptômes de ce terrible fléau se manifestèrent. La cause de ce grand désastre n'a jamais été bien connue : on l'attribue à un navire venu de Syrie. Dès le premier moment, tous ceux à qui la fortune permettait de quitter la ville s'empressèrent de fuir; en peu de jours Marseille fut déserte, et chaque désertion augmentait la perplexité de ceux qui ne pouvaient partir. Alors une profonde terreur s'empara de tous les esprits; chacun ne songea qu'à soi; on n'agit que pour sa propre sûreté, foulant aux pieds les plus saints devoirs, sans pitié pour les malheureux que le mal avait atteints, quelque intimes que fussent les liens qui les unissaient entre eux. Au milieu de cet affreux égoïsme, quatre hommes se dévouèrent pour protéger la ville : le chevalier Rose, qui, libre de fuir, préféra rester ; deux magistrats, Estelle et Moustier, et ce digne évêque de Belzunce, qui, malgré son grand âge, voulut partager les dangers de la peste. Abandonnés de tous, seuls, au milieu de cette ville agonisante, ces courageux citoyens accomplirent jusqu'à la fin la noble tâche qu'ils avaient volontairement acceptée ; ils se multipliaient ; ils rivalisaient de soins et d'efforts pour combattre le fléau qui, chaque jour, devenait plus effrayant. Tandis que les deux échevins font venir des vivres, forment des ambulances, veillent au maintien de l'ordre et prennent des mesures pour la sûreté et la salubrité de la ville, Rose, aidé des forçats rendus à la liberté, enlève les cadavres que la mort avait entassés dans les rues, montagne pestilentielle d'où s'échappent incessamment de mortelles exhalaisons. Belzunce, seul, à pied et revêtu de ses habits sacerdotaux, pénètre dans les maisons des pauvres, séjours obscurs et infects. Sans effroi pour la contagion qui peut l'atteindre, de ses mains il soigne les malades; les encourage par de saintes et consolantes paroles ; et, quand tout espoir est perdu, fortifie leurs âmes des derniers secours de la religion.

A de si touchants exemples, une partie du clergé que la crainte avait éloigné se rallie autour de son chef, et unit ses efforts aux siens. Alors des processions parcourent la ville, la croix en tête; des prières générales ont lieu dans les rues, sur les places; le vénérable prélat tient dans ses mains l'hostie sainte, il la promène, il la montre aux malades, qui meurent en bénissant le nom de Dieu.

Un soir, au plus fort de l'épidémie, un homme enveloppé d'un large manteau descendait la Cannebière. Sous le feutre à larges bords rabattu sur son visage, on distinguait un teint bruni par le soleil, des yeux noirs et des traits fortement caractérisés. Arrivé au bas de la rue, il hésite un instant ; puis il s'approche d'une boutique qu'il reconnaît pour celle d'un boulanger.

« Pour aller à la Consigne ? fit-il en avançant la tête par la porte entr'ouverte.

— Tournez à droite, lui répondit-on ; suivez le port jusqu'au bout, vous y serez.

— Merci ! merci ! et que Dieu vous conserve ! »

L'homme hâte le pas, et suit la direction désignée. De temps en temps il tournait la tête du côté des maisons, comme une personne impatiente de franchir l'espace qui lui restait à parcourir. Quand il a atteint les limites du port, il rejette son chapeau en arrière, et promène un regard lent et inquiet sur les misérables logis qui peuplent ce quartier.

« 24 ! s'écrie-t-il tout à coup, c'est là. »

La maison sur laquelle il avait lu ce numéro avait un aspect moins malheureux que les autres : pourtant l'entrée en était noire et fangeuse. Il entre résolument ; mais il s'arrête aussitôt. Il se trouvait dans une allée si étroite, si sombre, qu'il ne distinguait rien. Néanmoins, il se hasarde en tâtonnant ; il est obligé, pour se guider, d'avancer ses deux mains sur les murs humides. Peu à peu, ses yeux se familiarisant avec l'obscurité, il croit apercevoir dans le fond une masse compacte ; il s'en approche : c'était un escalier de pierre dont les marches élevées tournaient sur elles-mêmes, roides et glissantes. Il s'y engage au moyen d'une corde usée qui servait de rampe, et arrive au premier étage.

Là une porte frappe ses regards ; il presse le loquet ; la porte cède.

Au fond d'une vaste chambre, triste et délabrée, à peine éclairée par une lampe suspendue à la cheminée, et dont la flamme agitée par le vent ne projetait qu'une lumière incertaine, un vieillard était étendu sur un lit ou plutôt un

grabat, le seul meuble qui, avec trois chaises vermoulues et une mauvaise table de bois de chêne, existât dans ce misérable réduit ; ses traits exprimaient la souffrance. Une jeune femme lui donnait à boire, tandis qu'une petite fille, couchée sur un peu de paille, dormait d'un profond sommeil. L'homme au manteau s'arrête à ce douloureux spectacle ; son cœur en est brisé ; il n'ose faire un pas.

« Nicolas Geslin? demanda-t-il d'une voix émue.

— Mon fils! Qui parle de mon fils? dit le malade.

— Votre fils! s'écria l'étranger en s'élançant vers lui.

— Oui, oui, mon pauvre fils que je ne verrai plus!

— Que dites-vous? Votre fils! Nicolas Geslin! Il est mort?

— Non, non; il vit encore, du moins je l'espère : il est loin, bien loin d'ici. Le ciel le ramènera pour sa femme, pour sa fille; mais moi, son père, je ne le presserai plus sur mon cœur. L'horrible mal m'a saisi ; je le sens là ; il me brûle, il me dévore. Comment y résister? A mon âge, il n'y a plus d'espoir! Si je pouvais le voir encore!... Mon fils! mon bon Nicolas!...

— Vous le verrez ; rassurez-vous! Ce mal n'est pas sans remède... Dieu est puissant et miséricordieux... Espérez, espérez, bon vieillard, et abandonnez-vous à moi. Quelque chose me dit que je vous sauverai.

— Ah! monsieur, s'écria la jeune femme, nous vous devrons plus que la vie, moi, mon mari, mon enfant... Notre reconnaissance...

— Arrêtez, madame! Agissons d'abord. Chaque minute est précieuse; le moindre retard peut être fatal à votre père : il n'y a pas un instant à perdre.

— Mais que faire, monsieur? que faire?

— Quitter ce lieu malsain.

— Et où pouvons-nous aller? grand Dieu!

— Un navire est là dans le port, caché derrière les rescifs, ignoré de tous. Ce navire m'appartient; il est à moi. L'équipage m'appartient aussi; ce sont des noirs venus avec moi d'Afrique, hommes braves et dévoués que j'ai arrachés à l'esclavage. Quoi que je leur commande, ils obéissent; fût-ce pour aller à la mort, ils marchent quand je leur dis de marcher. Il faut transporter votre père à mon bord.

— M'en séparer!

— Non pas; vous le suivrez avec votre fille. Aussi bien la contagion peut l'atteindre aussi, elle.

— Grand Dieu !

— Et vous-même, si vous succombiez, que deviendrait cette pauvre enfant ?

— Ah, vous me faites frémir ! Mais qui donc êtes-vous, monsieur, pour nous témoigner tant d'intérêt ?

— Un homme qui donnerait sa vie pour vous arracher au sort qui vous menace. Fiez-vous à moi. Disposez votre père à quitter cette demeure, pendant que je vais chercher mes hommes. Voici la nuit ; il faut en profiter : attendez-moi, je reviens dans un instant. »

Il sortit en prononçant ces paroles. Arrivé sur le quai, il prit un sifflet d'argent suspendu à son cou par un cordon de soie, et en tira deux sons aigus et prolongés, qui bondirent d'échos en échos le long des deux rives. Un moment après, il entendit le bruit des rames se répercuter sur la surface des eaux, et presque aussitôt le frôlement d'une barque qui vint aborder à ses pieds. Deux hommes en descendirent.

« Nous voici, notre maître, dirent-ils en allant à lui.

— Iago, Toulaya, est-ce vous ?

— Oui, notre maître.

— Fort bien! Que vos camarades demeurent; vous, suivez-moi. »

Ils entrèrent tous les trois dans la maison du pêcheur.

« Monsieur, dit le vieux Geslin, je ne puis quitter cette demeure; car mon fils doit y revenir. Et quel sera son effroi en la trouvant déserte? Ne pensera-t-il pas que nous avons tous péri? Mais ayez pitié de sa femme qui tremble pour les jours de sa fille. Partez, monsieur, emmenez-les toutes deux. C'est pour cette enfant et pour sa mère maintenant que je vous implore; car, pour moi, ma dernière heure ne tardera pas à sonner...

— Non, non, s'écria l'inconnu; lorsqu'au lieu de cet air empoisonné vous respirerez l'air pur et frais de la mer, les symptômes du mal disparaîtront, j'en ai l'espérance. Quant à votre fils, aucun bâtiment n'entrera dans ce port tant que durera l'épidemie; eh bien! alors nous reviendrons aussi. D'ailleurs, un de mes gens restera ici pour attendre son arrivée; il est chargé par moi de lui apprendre qui je suis, et le lieu où vous serez. J'ai tout prévu. Venez, venez : Dieu fera le reste.

— Oui, mon père, ajouta la jeune femme, venez avec nous, ou je demeure. »

Ces mots décidèrent le vieillard.

« Partons donc, » dit-il.

Et s'appuyant sur le bras de sa fille, il parvint à se mettre à genoux sur son lit ; puis il joignit les mains, leva les yeux au ciel, et récita tout haut une prière que tous répétèrent avec recueillement.

Quand il eut fini, les deux noirs, sur l'ordre de leur maître, l'enlevèrent dans leurs bras. On le transporta dans la barque, où on l'installa le plus commodément qu'il fut possible : la mère et l'enfant s'assirent à ses côtés. Ensuite l'inconnu se plaça debout à la poupe, saisit le gouvernail d'une main ferme, et donna le signal du départ.

Six rames se levèrent à la fois ; la barque glissa sur les eaux, légère comme l'alcyon ; elle disparut bientôt dans l'obscurité de la nuit. Quelque temps encore on entendit au loin le bruit du sillage ; mais peu à peu le bruit s'éteignit ; et, excepté quelques cris plaintifs arrachés à la souffrance, rien ne troubla plus le silence du port.

Nicolas arriva à la Havane sans accident fâcheux. Il trouva en effet son oncle fort malade. Rien pourtant dans son état n'offrait l'apparence d'une affection sérieuse ; c'était une langueur, un épuisement total, contre lequel les remèdes étaient sans effet ; et chaque jour ses forces déclinaient. Depuis quelque temps surtout, le bonhomme Robert était tombé à un tel degré de faiblesse, que, désespérant de jamais recouvrer la santé, il avait cru devoir mettre ordre à ses affaires : c'est alors qu'il écrivit à son neveu de venir. L'arrivée de Nicolas sembla le ranimer un peu ; sensible à l'empressement qu'il avait mis à se rendre à ses désirs, il lui témoigna tout le plaisir qu'il en éprouvait.

« Je te remercie, mon cher enfant, lui dit-il, d'avoir cédé à ma prière ; mais je m'en veux ; je crains de t'avoir imposé là un devoir bien pénible. Je t'ai arraché à ton père, à ta femme, à ton enfant ; c'est une tyrannie que je me reproche maintenant ; car je sens tout ce que cette séparation a dû te coûter de larmes. Pardonne-moi, Nicolas ; il faut bien passer quelque chose à un vieux malade : je n'ai pas long-temps à rester sur cette terre, et...

— Que dites-vous, mon oncle ? votre santé se rétablira ; vous vivrez encore de longs jours.

— Non, mon ami, vois comme je suis faible.

— Vos forces reviendront, mon bon oncle.

— Jamais ! mon médecin me l'a avoué.

— Votre médecin ! Et que vous dit-il ?

— Il me semblait que cette atmosphère brûlante ne convenait plus à mon âge, et que, si je pouvais respirer l'air doux et léger de ma patrie, je reprendrais une vie nouvelle. Je ne sais pourquoi cette conviction s'était emparée de mon âme. J'avais donc résolu de retourner en France ; mais lorsque je fis part de ce projet à mon médecin, il s'y opposa vertement. Il m'assura au contraire que ce n'était qu'au soleil de ces climats que je devais d'avoir prolongé mon existence ; et, que si je voulais la prolonger encore, il fallait rester dans ce pays. « Votre
» soleil de France, ajouta-t-il, n'a point assez
» de chaleur pour vous ; vous y mourrez,
» comme la fleur des tropiques meurt, transpor-
» tée sous un ciel chargé de frimas. Croyez-
» en mon expérience et mon amitié pour vous.
» Vous savez qu'ici mes soins ne vous manque-
» ront jamais ; au lieu que dans votre patrie
» qu'y trouverez-vous ? Des cœurs égoïstes et
» froids, l'ennui, l'indifférence et une famille
» qui bien certainement ne songe plus à vous. »

— Il vous a dit cela, mon oncle ?

— Tu penses bien que, sur ce point, je savais à quoi m'en tenir ; sur les autres, il fallait bien m'en rapporter à lui, et je me résignai à rester.

— Vous avez eu tort, mon oncle.

— Que veux-tu? Quand on est vieux, on tient à la vie, et on cède volontiers à celui qui vous tient un pareil langage, surtout quand c'est un médecin.

— Continuez, mon oncle.

— Lorsqu'il fut bien décidé que je ne partirais point, parce que le ciel de ma patrie me serait funeste, je songeai à faire mon testament. C'est encore mon médecin que je consultai; car cet homme-là possède toute ma confiance. Je le consultai, non pas sur le choix de mon légataire; à qui pouvais-je penser, si ce n'est à toi, mon bon Nicolas?

— Ah, mon oncle!

— N'es-tu pas le fils de ma sœur Ursule? Aussi n'est-ce point pour cela que j'avais besoin de conseils; mais je suis d'une ignorance extrême snr ces matières-là, et je tenais à ce que mon testament fût fait de manière à rendre tes droits incontestables. Eh bien! crois-tu qu'il chercha à me détourner de ce projet?

— Oui, mon oncle.

— Comment cela?

— Je vous le dirai tout à l'heure. Continuez, je vous prie.

— « A quoi bon, me dit-il, vous occuper d'une affaire semblable? Vous pensez à faire votre testament, comme si vous n'aviez plus que quelques instants à vivre; je vous dis, moi, qu'il n'en est rien : je veux qu'avant six mois vous ayez recouvré votre santé, plus brillante, plus solide que jamais. Laissez donc là votre neveu, qui peut-être vous précédera dans la tombe; et songez que vous avez des amis ici, près de vous, des amis sincères, et qui ne veulent que votre bien. »

— J'en étais sûr! s'écria Nicolas.

— Quoi donc? fit le vieux Robert.

— Cet homme est un imposteur, un misérable! Ne voyez-vous pas qu'il ne vous détournait de vos dispositions que pour s'approprier lui-même votre fortune!

— Que dis-tu?

— La vérité. Je vous le répète, cet homme est un misérable! Ce climat est mortel pour vous; il le sait bien, et ses efforts à vous y retenir le prouvent. Ce qu'il voulait, c'était de vous réduire à un tel état d'affaiblissement moral qu'il devînt entièrement maître de vous. Alors il vous aurait présenté un papier, en vous disant : « Signez. » Vous auriez signé parce que vous n'auriez plus eu ni volonté, ni pensée, ni faculté à vous, et toute votre fortune lui aurait appartenu.

— Grand Dieu ! Mais je ne l'ai pas fait ; tu le vois, Nicolas, j'ai résisté à ses instigations ; et, quoique, depuis lors, mon mal ait empiré, je bénis tous les jours le ciel d'avoir agi de la sorte.

— Mon bon oncle, hésiterez-vous encore maintenant à fuir ce pays?

— En effet, il me semble toujours que si je le quittais...

— Vous reviendriez à la vie : n'en doutez pas, mon oncle, c'est Dieu qui m'inspire. Partons, retournez avec moi en France. Abandonnez ce monstre à ses regrets ; il sera assez puni de se voir déçu dans ses infâmes desseins. »

Le vieux Robert ouvrit ses bras à son neveu.

« Viens, Nicolas, lui dit-il, viens, tu es mon sauveur, ma providence. Partons vite ; je sens déjà mes forces renaître rien qu'à cette douce pensée. »

Le bonheur de sauver son oncle ne fut pas le seul que Nicolas éprouva pendant le peu de jours qu'il resta à la Havane. Il y trouva Caballero, son correspondant de Madrid. Celui-ci lui apprit que sa démarche avait eu le plus heureux résultat. Il était rentré intégralement dans les avances qu'il avait faites ; mais il avait déjà expédié ses fonds en Espagne, et il comptait leur envoyer de Madrid tout l'argent qu'il leur devait. Cette nouvelle combla Nicolas de joie. Le voilà donc possesseur d'une petite fortune ; il pourra peut-être renouer ses relations d'affaires et assurer encore l'avenir de sa fille. Son oncle s'empressa de vendre ses propriétés, dont il réalisa le produit en bonnes valeurs sur l'Espagne et sur la France. Quinze jours après ils s'embarquèrent tous deux, ainsi que Caballero, à bord d'un navire qui faisait voile pour Malaga. Le vieux Robert ne tarda pas à être convaincu des coupables intentions de son médecin. Au bout de deux semaines de mer le bonhomme n'était plus reconnaissable ; il avait repris de l'embonpoint, de la vigueur ; son visage se colorait d'une teinte vermeille, indice certain de la santé. Son humeur se ressentit de ce changement ; la tristesse avait disparu ; il était redevenu vif, enjoué, comme autrefois. A chaque instant, dans la journée, il prenait les mains de son neveu, et lui disait avec l'accent de la reconnaissance :

« Regarde, mon garçon, vois comme tous les jours la force et la gaieté me reviennent ; c'est pourtant à toi que je le dois, mon bon Nicolas. Oui, sans toi, sans ta touchante sollicitude, ce serait fini maintenant, je serais mort victime de la plus noire perfidie ; je me serais éteint sans avoir pu peut-être te donner une marque de tendresse ; car cet homme avait tout paralysé chez moi, tout, jusqu'à la faculté d'exprimer mes sentiments à ceux qui me sont chers.

— Ne pensons plus à cela, mon oncle, lui répondit Nicolas. Le danger est passé, Dieu merci ! et je bénis la Providence de m'avoir fait arriver à temps pour vous y soustraire. Bientôt nous serons en France. Vous verrez comme vous serez heureux, mon oncle, auprès des personnes qui vous aiment ! Nous vous entourerons de tant de soins que vous ne regretterez pas d'être venu parmi nous.

— Le regretter ! mais tu ne le penses pas, mon garçon ! regretter de passer mes derniers jours avec toi, avec ce Brave Geslin, la perle des honnêtes gens ; avec ta femme, si bonne, si douce ; et ta petite Louise donc !... Oh ! je croyais bien ne jamais la voir, cette chère enfant ! Elle sera ma fille aussi. Tant pis pour toi si tu en deviens jaloux, mon cher neveu ; mais je prétends qu'elle m'aime comme son père.

— Ce ne sera pas difficile, mon oncle ; vous êtes si bon !

— Bon ou non, elle m'aimera ; c'est moi qui te le dis. »

C'est dans ces conversations intimes que le temps s'écoulait à bord. Puis l'oncle faisait ses plans ; il se voyait déjà dans sa bonne ville de

Marseille, arrangeant sa vie et celle des autres. Grâce à lui sa famille était heureuse; et il ressentait par avance cette joie délicieuse que l'on éprouve en faisant le bonheur des siens.

On entra dans le port de Malaga le 17 novembre. Nos trois voyageurs avaient résolu de ne faire qu'un court séjour dans cette ville, et, de là, de se rendre ensemble à Madrid : l'oncle pour encaisser les valeurs qu'il avait sur cette ville, Nicolas et Caballero pour régler leurs affaires depuis long-temps en litige. La première chose dont ils entendirent parler, en débarquant, fut l'horrible fléau qui, depuis cinq mois, dévastait Marseille. On élevait à un tiers de la population le nombre des victimes ; l'épidémie avait principalement sévi contre la classe pauvre. « Le quartier Saint-Jean, disait-on, n'était plus qu'un désert. » Robert et Nicolas frémirent à cette épouvantable nouvelle ; leur cœur se glaça d'effroi ! Qu'est devenue leur malheureuse famille? Le vieux Geslin déjà courbé sous le poids des ans aura-t-il résisté aux atteintes du mal? Et cette pauvre petite créature, si faible, si fragile, Dieu aura-t-il eu pitié d'elle? lui aura-t-il conservé sa mère, dont les angoisses sur la vie de son enfant auront suffi peut-être pour abréger les jours? Dévorés d'inquiétude sur le sort de ces trois êtres, objets de toute leur affection, l'oncle et le neveu décidèrent de partir immédiatement pour Marseille. Ils se mirent le jour même à la recherche d'un navire; aucun ne voulut les y transporter. En vain Robert offrait-il des sommes énormes et qui auraient tenté bien des capitaines pour le conduire fût-ce au bout de la Chine : l'horreur qu'inspirait la peste était plus puissante que l'appât de l'or. Tous refusèrent.

« Eh bien, mon oncle, dit Nicolas, allons-y par terre. Le trajet est plus long sans doute; mais du moins nous arriverons.

— Tu as raison; partons. Allons d'abord à Madrid où j'ai des recouvrements à faire et qui me sont indispensables. Nous continuerons notre route sans perdre un seul instant. »

Le lendemain ils partirent en effet pour la capitale d'Espagne avec Caballero. Le sixième jour ils arrivèrent à Madrid. Robert s'occupa aussitôt de ses affaires, qui, malgré son désir d'en finir le plus tôt possible, le forcèrent à y séjourner quelque temps. Celles de son neveu avec Caballero furent promptement terminées.

Pendant que son oncle passait tout son temps à visiter les maisons qu'il avait à voir, Nicolas cherchait à recueillir de nouveaux détails sur les malheurs de sa patrie : tout ce qu'on lui disait confirmait ce qu'il avait appris à Malaga. Son anxiété était extrême ; il aurait voulu pouvoir voler sur le lieu du désastre. Pour tromper son impatience, il faisait de longues promenades dans la campagne, choisissant de préférence les endroits écartés, pour se livrer plus librement à ses pensées. Mais alors une foule d'images, plus effrayantes les unes que les autres, venaient l'assaillir, et, loin de calmer ses alarmes, la solitude ne faisait qu'accroître les tourments de son âme.

Un soir, après avoir poussé ses excursions plus loin que d'habitude, il hâtait le pas pour regagner son logis ; il était tard. Absorbé dans ses réflexions, il marchait sans faire la moindre attention à ce qui se passait sur la route, lorsque, sur le point d'entrer dans la ville, il s'entend appeler :

« Nicolas ! Nicolas ! »

Dans le même moment, une voiture attelée de deux mules richement harnachées s'arrête près de lui ; il lève la tête, et reconnaît à la portière son oncle Robert. Une expression indéfinissable animait son visage ; il faisait signe à son neveu d'approcher ; il voulait lui parler, mais son émotion était si grande qu'il fut obligé de porter la main à son cœur, comme pour en modérer les pulsations, avant de pouvoir prononcer une parole.

« Ah ! te voilà ! dit-il enfin ; c'est le ciel qui m'a guidé de ce côté !

— Mais qu'avez-vous, mon oncle ?

— Il y a plus de deux heures que je t'attends à l'hôtel. Mais c'est comme un fait exprès, tu n'es jamais resté si tard : j'avais cru que tu ne rentrerais plus.

— Qu'y a-t-il donc, mon oncle? vous m'effrayez.

— T'effrayer ! il n'y a pas de quoi. Ce qu'il y a ? Monte ici, mon garçon, tu le sauras tout à l'heure.

— Dans ce bel équipage ?

— Pourquoi pas ?

— Mais je ne sais...

— Puisque je te le permets.

— Est-il donc à vous, mon oncle ?

— Non, mais c'est tout de même. Ce n'est pas que, si je voulais, j'en aurais un tout aussi beau : nous en avons les moyens. Mais il ne s'agit pas de cela pour le moment. Monte, te dis-je, tu n'en seras pas fâché.

— Dites-moi plutôt, mon oncle, avez-vous terminé vos affaires? Quand partons-nous?

— Partir! Pour où!

— Pour Marseille.

— Allons donc! qui est-ce qui te parle de Marseille? Est-ce que je songe à aller à Marseille? et toi aussi?

— Comment!

— Et du tout, du tout. Nous restons ici.

— Oh ciel! que dites-vous?

— Nous restons ici, mon garçon, du moins jusqu'à nouvel ordre. Quant à présent, il n'est plus question de départ.

— Expliquez-vous, mon oncle, ou je croirais...

— Que je suis devenu fou, n'est-ce pas? Ce n'est pas l'embarras; après ce qui arrive aujourd'hui, il y a bien un peu de quoi perdre la raison; mais, Dieu merci! la mienne tient encore, j'ai tout mon bon sens.

— Mais, mon oncle, je vous assure que je ne comprends pas...

— Viens, te dis-je; monte ici, mon garçon; dans un instant, tu sauras tout. »

Nicolas cède aux instances de son oncle. A peine est-il dans la voiture que les mules s'élancent au grand galop. Au bout d'un quart d'heure, elles s'arrêtent devant la grille d'une belle maison de campagne. Là, ils mettent pied à terre. Dans ce moment une homme descend quatre à

quatre les marches du perron, et accourt au-devant d'eux. Nicolas ne sait que penser de tout cela. Mais sa surprise redouble en voyant cet homme venir à lui, le sourire sur les lèvres. Alors il le regarde; ses traits ne lui sont pas inconnus; il approche : plus de doute, c'est lui! et, prompt comme l'éclair, il se précipite à sa rencontre.

Il avait reconnu don Fernand de Baraega, cet officier espagnol à qui il avait sauvé la vie à la bataille de Denain. Quelle joie pour ces deux braves, qui avaient combattu ensemble dans les plaines de la Flandre, de se retrouver sept ans après sous le ciel brûlant d'Espagne! Quand les premiers transports furent passés, Fernand prit la main de son ami et lui dit :

« Je vous attendais ; vous voilà, je suis heureux ! Mais d'autres aussi vous attendent : venez, suivez-moi.

— Qui donc ? demanda Nicolas.

— Va toujours, mon garçon, fit le vieux Robert dont la figure épanouie faisait plaisir à voir. Quand je te disais que tu saurais tout ! Voici le moment, va, mon ami, va, et tiens-toi bien. »

Tout en parlant de la sorte, le bon oncle hâtait le pas pour suivre son neveu, que Fernand entraînait vers la maison. Ils arrivèrent ainsi à une salle fort vaste, servant de pièce d'entrée aux appartements qui venaient y aboutir. Au même instant, une des portes s'ouvre, et trois cris retentissent à la fois :

« Mon fils !

— Mon époux !

— Mon papa ! »

L'oncle avait eu raison de lui recommander de se bien tenir. L'heureux Nicolas sentit ses jambes chanceler. La surprise, la joie, l'émotion... c'était trop pour son cœur; il pâlit; malgré lui ses yeux se fermèrent; il se croyait le jouet d'un songe, et tremblait de le voir se dissiper au réveil. Mais la voix de son enfant, ses bras passés autour de son cou, sa petite bouche qui lui faisait de douces caresses, le rendirent à la réalité, au bonheur!

C'était bien sa petite Louise, c'étaient bien son père, sa femme dont il recevait les embrassements; il les voyait, il ne pouvait plus en douter. Mais comment étaient-ils là, chez Fernand, lorsque lui-même, mourant d'inquiétude sur leur sort, maudissait toutes ces entraves qui retardaient son départ pour Marseille? Ces réflexions et bien d'autres encore se présentaient à sa pensée. Incapable d'exprimer tout ce qu'il éprouvait, il ne put que tomber à genoux et s'écrier :

« O mon Dieu, vous me les avez rendus!

— Oui, mon fils, Dieu a veillé sur nous; il a envoyé à notre secours un homme courageux qui a bravé les mortelles atteintes de l'épidémie pour en préserver ta famille.

— Que dites-vous, mon père?

— La vérité, mon enfant. Rien ne l'a arrêté ; pas même moi que le mal avait déjà gagné, et dont le contact pouvait lui être fatal.

— Grand Dieu !

— Eh bien ! il m'a fait transporter à bord de son navire ; il m'a prodigué les soins d'un fils ; il nous a conduits ici, où nous n'avons pas cessé d'être l'objet de ses attentions les plus délicates.

— Eh quoi, mon père, cet homme généreux !...

— Le voici ! »

Le vieux Geslin tomba aux pieds de son libérateur ; ses enfants et le bon Robert imitèrent son exemple.

« Que faites-vous ? leur dit Fernand ému jusqu'aux larmes.

— Ah, monsieur ! s'écria Nicolas, ne vous dérobez pas à notre reconnaissance ; vous n'avez pas craint d'exposer vos jours pour sauver les leurs...

— Avez-vous donc hésité à exposer les vôtres, quand il s'est agi de sauver les miens, moi qui vous étais étranger ? reprit le brave officier espagnol. Là plutôt, ajouta-t-il en lui ouvrant ses bras, là, sur mon cœur, et que ce jour soit le gage de cette amitié formée sur un champ de bataille, et qui ne finira qu'avec nous. »

Puis, tendant la main à Robert, il lui dit :

« C'est à vous que je dois ce moment, le plus délicieux de ma vie. »

Le hasard avait voulu que, parmi les personnes que l'oncle avait à voir, se trouvât don Fernand de Baraega. Celui-ci, sachant qu'il était de Marseille, l'avait questionné sur la famille Geslin. Quel avait été son étonnement en apprenant le lien de parenté qui l'unissait à elle! Alors l'Espagnol lui avait raconté qu'après cinq ans passés dans les colonies, arrivant à Cadix à bord d'un navire qu'il avait frété, il entend parler dans cette ville de la peste qui désolait Marseille; il apprend aussi que c'était sur les pauvres pêcheurs que la contagion exerçait particulièrement ses ravages. Se rappelant que Nicolas, dont il n'avait jamais perdu le souvenir, appartenait à cette classe, il était parti aussitôt, bien résolu à tout tenter pour sauver son compagnon d'armes et les siens s'il en était temps encore. Comme on l'a vu, la Providence avait secondé ses projets; il avait emmené la famille de son ami à Madrid, et avait eu le bonheur de voir son vieux père renaître à la santé.

Fernand retint ses hôtes jusqu'à ce qu'il eût acquis l'assurance que le fléau avait entièrement disparu. Quand il fut bien prouvé qu'ils pouvaient sans danger rentrer dans leur patrie, il les accompagna à Marseille, où le bon Robert employa la moitié de ce qu'il possédait à soulager ses malheureux concitoyens.

Ainsi s'accomplit le vœu de Nicolas, avant même qu'il ne fût en possession de la fortune de son oncle.

Ouvrages en vente et approuvés par Monseigneur l'archevêque de Paris.

Prix : broché, 30 centimes; cartonné, 35 cent.

Histoire de l'Ancien Testament.	3 vol.
Histoire du Nouveau Testament.	2 vol.
Histoire de France.	4 vol.
Promenades géographiq.	2 vol.
Petite Morale en action et en images.	2 vol.
Petite Histoire des Arts et Métiers.	2 vol.
Petite Histoire de Paris et de ses environs.	1 vol.
Eléments de la Grammaire française.	1 vol.
Fables choisies de La Fontaine.	1 vol.
Arithmétique.	1 vol.
Pierre Desbordes ou le danger des mauvaises liaisons, par M. d'Exauvillez.	2 vol.
Le Nid de Ramoneurs.	1 vol.
La Bûche de Noël.	1 vol.
Histoire d'Angleterre.	4 vol.
Laideur et Beauté.	1 vol.
Les Péchés capitaux, par M. Fournier.	2 vol.
Histoire de sainte Geneviève, p. M. Valentin.	1 vol.
Histoire de saint Vincent de Paul, p. M. Nizart.	1 vol.
Le père Lejeune et Samuel le bon fils, par M. A. Chailly.	1 vol.
L'habitant des Ruines, id.	1 vol.
Les Pains de six livres, par M. H. Berthoud.	1 vol.
Comment on devient heureux, p. Mlle Valmore.	1 vol.
Le Contre-Maître, par M. T. Castellan.	1 vol.
La Visite aux Prisonniers.	1 vol.

Ouvrages soumis à l'approbation de Monseigneur l'archevêque et qui paraîtront en 1844. Un vol. tous les samedis.

Vie de la sainte Vierge, par M. Egron.	2 vol.
Histoire du Culte de la Vierge, id.	1 vol.
Vie de M. l'abbé Mérault, vicaire-général d'Orléans, p. le même.	1 vol.
Vie de M. l'abbé Anot, de Reims, p. le même.	1 vol.
Histoire de Hollande, p. M. H. Berthoud.	4 vol.
Histoire de Belgique, par M. Le Glay.	4 vol.
Tambour et Trompette, par M. Ourliac.	1 vol.
Frère Joseph, id.	1 vol.
Un Pauvre devant Dieu, par Mlle Cromback.	1 vol.
Les Pet. Enfants célèbres.	1 vol.
Petite Histoire des Eglises de Paris.	1 vol.
Les Bienfaiteurs de l'humanité.	1 vol.
Histoire d'Allemagne.	4 vol.
Une Jeune Fille du Peuple, p. Mlle Cromback.	1 vol
Comment on devient sage, p. Mlle Valmore.	1 vol.
Petites Lettres édifiantes, ou Lettres des Missionnaires en Chine et au Japon.	2 vol.
— En Océanie.	1 vol.
— En Afrique.	1 vol.
— D. l'Amérique du nord.	1 vol.
— D. l'Amérique du sud.	1 vol.
Soirées des Enfants, contes, par Mme Desbordes-Valmore.	1 vol.
Les Enfants devant Dieu, par la même.	1 vol.
La Mère de Famille, id.	1 vol.
Souvenirs d'une Grand'-Maman, idem.	1 vol.
Les Heures du Berceau.	1 vol.
La Famille du Pêcheur.	1 vol.

IMPRIMÉ PAR BÉTHUNE ET PLON, A PARIS.

www.ingramcontent.com/pod-product-compliance
Ingram Content Group UK Ltd.
Pitfield, Milton Keynes, MK11 3LW, UK
UKHW022137190726
13855UKWH00003B/1200

9 782012 977013